ANGELA ORAMAS CAMERO

LLUVIAS Y SUEÑOS

EDITORIAL LETRA VIVA
CORAL GABLES, LA FLORIDA

Dedicatoria
A mis nietas Ana Sofía y Annabelle

Agradecimientos

Al editor Pedro González Munné, por su valiosa contribución en aras de que el libro tuviera la luz editorial y a Adrián Pérez Valdés por su sensibilidad artística en la realización de la portada y diseño en general.

LLUVIAS Y SUEÑOS

"EN LA VIDA NO SE TRATA
DE CÓMO SOBREVIVIR A UNA
TEMPESTAD, SINO DE CÓMO BAILAR
BAJO LA LLUVIA…"
(ANÓNIMO)

LLUVIAS Y SUEÑOS

ÍNDICE

LLUVIAS Y SUEÑOS

El viudo del bosque

Como era la costumbre al levante del alba Malú paseaba por el bosque de Narón a Rastri, su perro blanco de manchas negras. No había nieblas la mañana que la acompañaba Ana, la entrañable amiga cubana que disfrutaba llenar los pulmones del aire puro de la floresta perfumada por los pinos y eucaliptos.

Los aldeanos tenían senderos abiertos desde épocas perdidas en la memoria, que continuaban facilitando el tránsito a los ya pocos moradores del lugar. Por esos caminos serpenteados de flores diminutas y silvestres, azules y amarillas, caminaban absortas las dos mujeres hasta detenerse en el mismo corazón de la selva.

Me gustaría tener una casa para el descanso en este hermoso paraje, dijo Ana como hablando para sus adentros. No hay ruidos de la civilización y del mundo loco que nos ha tocado vivir. Aquí sólo se escuchan los trinos de las aves y la musiquilla que desprenden las ramas de los pinares cuando las mece el viento.

--Ay mujer, que ermitaña eres ¿serías capaz de soportar tanta soledad? En este monte apenas quedan aldeanos. Solo, conozco uno que ha jurado nunca abandonar el bosque. Si quieres conocerlo, propongo regresar por otro camino. Verás su contentura cuando sepa que eres de Cuba, hacia donde intentó emigrar en la mocedad. En Galicia el que más y el que menos sufrió la separación de un familiar: abuelo, tío o hijo, que se marchó a tu isla durante el siglo pasado.

Media hora les llevó la caminata hasta la casita con paredes de piedras lisas y techo con tejas rojas. Dos vacas y un caballo andaban sueltos dentro del ancho cuartel de los pastos. Muy alegre las recibió José, sosteniendo en la mano derecha la soga atada al pescuezo de una cabra con las ubres hinchadas de leche.

--José, por favor, amarra tu perro que vengo con el mío y ya sabes cómo fue la pelea de la semana pasada. Mira todavía a Rastri le sangra una oreja, el pobrecillo no es tan fiero como el tuyo… Ah, y te traigo una visita, es mi amiga Ana que quiere comprarte la casa.

Entre los árboles florecidos de un ciruelo y un manzano fue atado el cachorro que por largo tiempo no cesó de ladrar, furioso ante

la presencia de los intrusos Rastri y la forastera.

Pasé usted, le brindo con mucho gusto mi
modesta casa, un poco regada porque le falta
la mano femenina, fueron las palabras de
cumplido del aldeano que sin corta pinzas
entró de lleno en el asunto que le inquietaba.

-- Esta casa no está en venta, y perdone la
brusquedad de la respuesta a su interés y
motivo de visita. Malú, sabe que aquí nací y
no sabría vivir en otro sitio. Además, todos
los recuerdos de mi difunta mujer están dentro de estas paredes y el bosque.

Acto seguido José se disculpó y fue a la co-
cina, para enseguida regresar a la sala con
una cesta de mimbre llena de uvas, manza-
nas, ciruelas, melocotones y peras. A Ana se
le hizo la boca agua, pues ninguna de aquellas deliciosas frutas crecía en su tierra in-
sular. Fue visible que las disfrutaba degus-
tarlas, con cáscara y todo.

--Oiga, la veo comer con tanto deleite que
me siento complacido... pero tenga cuidado
que si se traga una semilla le crecerá una
mata en la barriga. Dijo divertido el anfi-
trión.

¡Ojalá! Así tendré la propia cosecha, con-
testó ella ante la broma de José, para luego
aclarar que no tenía la intención de com-
prarle la vivienda, y aunque se trataba de
una guasa de Malú, no ocultó que lo envi-

diaba porque él no vivía con estrés. La agitada vorágine de la metrópoli con frecuencia hundía el ánimo de Ana en la desesperación, el hastío y el horror.

--En la ciudad una se entera de terribles sucesos aunque no escuche radio, lea periódicos, vea televisión o internet.

Sí que el bosque de José devenía en remanso de paz, donde no llegaban los escándalos de cómo el Estado Islámico enterraba vivos a niños y mujeres del cristianismo, a la vez que crucificaba a los hombres, y decapitaban a los prisioneros, entre ellos a un periodista norteamericano. También fue motivo de la conversación la guerra en la Franja de Gaza, donde murieron más de 2 mil palestinos bajo la metralla del ejército de Israel. Eran sucesos comparables, quizás, con los horrores que vivieron las víctimas del atentado terrorista que destruyeron la torres gemelas de Nueva York y estremecieron de pánico a toda la humanidad.

Y, valió la pena que Ana mencionara el por qué se abrió un hueco en la capa de ozono, por qué cada día el desierto del Sahara invade más territorio fértil, por qué se pierde el pulmón verde del Amazonas, por qué continua en la isla Feroe de Dinamarca la tradición de que los jóvenes alcanzan la madurez sólo cuando matan delfines con filosos ganchos, y de cómo los pacíficos animales agonizando emiten un sonido similar al llanto de los bebés, lo que lejos de ocasionar sufrimiento en los espectadores, motiva gritos de vitoreo con el propósito de estimular a los protagonistas de tan cruel acción.

No quedó fuera de la plática el aumento del recalentamiento de la tierra, por lo que dentro de 20 años se producirá el total deshielo del Antártico y la desaparición de islas al subir el nivel de las aguas oceánicas. Un desastre ocasionado por la desenfrenada ambición humana que conlleva la destrucción de la Naturaleza y de cómo ésta se revela con huracanes, inundaciones, deshielo, sequías y otros fenómenos.

--Coincido con las opiniones de ustedes y aunque no me crean, hasta aquí llegan los rumores de esas atrocidades del hombre contra el planeta. Desde hace meses ando con el temor de que eliminen el bosque para construir una fábrica, sustituta de la que vierte las aguas negras en la ría de Narón y por eso hay tantos peces envenenados flotando en la orilla. Si desaparecen mi selva, habré perdido la razón de vivir. Este lugar lo conquistamos mi mujer y yo con sacrificios y sueños.

--No temas mi buen amigo, ya sabes que la mitad de este bosque es herencia recibida de mis padres, por eso no está en mi proyecto vender esa parte del terruño que colinda con tu propiedad, pese a la conciencia de que con los dioses de la tierra nadie puede medir fuerzas, pues desgraciadamente el dinero y el poder político rigen el destino del planeta. Y, es cierto el malestar reinante en la ciudad por la contaminación del mar de Narón; tampoco te ocultó la sospecha de que ante las reiteradas protestas, se traslade la fábrica de conservas marinas hacia las proximidades del río que atraviesa este campo.

-- En el huerto y jardín mientras yo esté vivo nadie colocará un montón de piedras, como jamás faltarán las flores en el búcaro ante la foto de mi mujer. No doñas ¡de aquí nadie me muda ni quema las ilusiones! Yo me aferro a la idea de que al cesar las guerras y la ambición humana, el planeta contará finalmente con la protección del amor y la buena voluntad.

Después del fallecimiento de la amada, aquel hombre supo que la vida del ser humano está sujeta a cambios bruscos y tiene el comienzo y el final de un suspiro. El único proyecto de José era el diario vivir tranquilo en aquel paradisiaco sitio. El recuerdo de la esposa gravitando en el bosque se le convirtió en obsesión. No cabían dudas, él era como el sauce doblado en la tempestad, que tras el vendaval volvía erguirse. De ahí el milagro de resurrección de la mujer en el entorno bucólico y de su ánimo generoso y apacible.

José tenía por costumbre levantarse poco antes del cantío del gallo y mientras se afeitaba la barba, solía repetir: Hoy tendré mejor día que ayer. Lo asaltaban ideas magníficas, capaces de originar el comienzo de algo grandioso. Su espíritu crecía con el sortilegio de utopías mezcladas con realidades que antes fueron pensamientos ¿acaso el bosque no era la idea del mundo que defendería a capa y espada?

Supo la forastera que recordaría siempre a José imaginando el río de sueños por donde transcurría su existencia. El río que detendría sólo con la propia muerte. Vivía ajeno a los conflictos del planeta refugiado en la espesura de aquella selva virgen, como único universo que aceptara.

Cinco años habían pasado desde la última visita de Ana a Narón. Entretanto, y gracias a las tecnologías digitales, la amistad con Malú se había enriquecido entre confidencias trágicas o de bienaventuranzas. De un continente a otro se entrecruzaban mensajes.

En el correo más reciente, Malú contaba que ya no paseaba a Rastri por el campo porque los árboles fueron talados o arrancados de raíz para favorecer la construcción de una industria. La noticia más dolorosa la dejó para el final del mensaje. Ana supuso a

Malú triste cuando escribía: José murió de un infarto el día que comenzaron a sepultar con piedras, cemento e irracionalidad su mundo de ensueños, el bosque y la casa.

La casa rosada

Rebeca no cría en fantasmas. Pero en las noches oía pasos en las habitaciones de la planta alta y hasta sentía como las criaturas subían las escaleras en puntitas de pies. Eso fue lo que dijo a Manuel. Pero él, cansado y con sueño, apenas esbozó una sonrisa y como no estaba para imaginaciones femeninas, dio las buenas noches y desapareció tras la puerta de su alcoba.

Es medianoche. Ella apagó la televisión y muerta de pánico se metió debajo del cubrecama. Tenía la sensación de que algo flotaba por encima de los muebles, casi pegado al techo. Los ruidos continuaron toda la madrugada.

Despertó a mediodía, se duchó y preparó un café fuerte. Miró a través del cristal de la ventana y vio el cielo cubierto de nubes, seguía lloviendo y supuso que el frío calaría los huesos. Decidió no salir a la calle y disfrutar de la calefacción que Manuel aumentó con temperatura similar a la del trópico, antes de marcharse a la oficina.

¡Qué hermosa era la gama de los verdeazules de Galicia! y si no fuera por el clima tan lluvioso, le encantaría vivir en la tierra de gentes misteriosas y a la vez nobles y simpáticas. Aunque a decir verdad, cuando se les subía la terquedad, se volvían locomotoras sin freno y entonces a huir, porque serían capaces de pasarte por encima sin reparo. En estos pensamientos se hallaba cuando oyó el silbido de Manuel abriendo la puerta principal.

Como todas las tardes cenaron acompañados de amigos. Los restaurantes fueron diferentes, cada uno de encanto especial. Aromáticos platos de mariscos se degustaban en medio del jolgorio y los exquisitos vinos de Rioja o Ribeira. La pasaban entre guasas y gratas conversaciones.

Manuel era un caballero y gustaba de hacer bromas en público, muy diferente a su comportamiento silencioso dentro de la casa rosada. En grupo se desinhibía, hablaba de todo, y se burlaba de los miedos de su huésped por los fantasmas.

Una noche pidió a Rebeca que se vistiera elegante porque cenarían en un restaurante de lujo. Ha pasado un mes y todavía ella recuerda la tosca taberna y el ridículo que hizo llevando una chaqueta roja de brillo, con rosas negras en brocado, zapatos de tacones y la mirada de los comensales sobre su figura, mientras Manuel sonreía.

Aquella noche tampoco hubo luna y sí un resplandor espectral filtrando por la niebla. Una vez cerrada la puerta de la calle, el silencio volvía a reinar entre ambos. Parecían mudos, como si todo estuviera dicho o tal vez porque faltaba el diálogo que les haría temblar como pajaritos mojados en los torrenciales aguaceros de aquel abril. Cierto era que idealizaban la amistad que se profesaban.

Un gato amarillo se deslizó raudo por el pasillo de acceso a las escaleras, se abrieron de par en par las puertezuelas de la vitrina y rechinaron las copas. A ella se le enrizaron los pelos. Manuel dijo que todo eso era pura alucinación y se fue a dormir; invitándola hacer lo mismo.

Rebeca quedó quieta y escudriñando cada rincón, atenta a los extraños sonidos que se hacían más fuertes cuando él la dejaba plantada en medio de la sala y en la absoluta incertidumbre. Se sentó en el sofá y se llevó una mano al corazón, donde el último fantasma en llegar se había instalado y latía sobre su piel dulcemente prohibido.

Con los días, los fantasmas y la mujer hicieron un pacto de paciencia. Ellos podían retozar cuanto quisieran. Unos pasaban la madrugada haciendo crujir la madera de los pisos del comedor, otros volaban abrazados cual enamorados y pocos tocaban violines. Ella ya no hizo más esfuerzo por espantarlos y hasta le encantaba que hicieran de las suyas sin tenerla en cuenta, ni molestar a su preferido pese a que la mantenía en el insomnio con susurros de gozo.

Por aquellos días no hubo otra cosa más importante para Rebeca que cazar fragmentos de felicidad, cual si se trataran de las mariposas blancas de la adolescencia ya perdida. Por placer, a veces intentaba zambullirse en la profundidad de los ojos de Manuel. Pero de inmediato se arrepentía porque suponía que se empalidecía el rostro. En verdad, ella era muy imaginativa.

Terminó la estancia de Rebeca en la casa rosada. Había transcurrido sin que a él se le escapara una frase de cortejo y dejase claro que es hombre que no cruza los abismos. Contra el muro de las tentaciones jamás se lanzó. En cambio, Rebeca estuvo dispuesta a sembrar *toxos* y palmas reales en el presunto desierto espiritual de Manuel.

Cuando llegó la despedida, lloraron los fantasmas pues aquella mujer devino en el mejor público que habían tenido. De ahí el esmero en los espectáculos nocturnos. Uno dijo que la casa rosada se quedaba triste y sin asombro.

Manuel y Rebeca clausuraron la morada y echaron la llave en la alcantarilla. Desoye-

ron el clamor de la floresta y las aguas arre-
molinadas en los límites del jardín, como un
llamado de alegrías y sueños olvidados. Y
era curioso que las campanillas del vergel
tuvieran el exacto color del frontispicio de la
vivienda.

En ese preciso momento, sobre el césped a
la vista de ambos sucedió el milagro del re-
nacimiento de líquenes sin aspavientos. No
así de tranquila se halló la lucecita encen-
dida en lo más hondo del ser femenino, que
a duras penas fue ocultada. Se acercaba la
separación. Ella partiría hacia el Caribe y
él, al Mediterráneo.

Atrás quedó la casa rosada con los fantasmas, menos el preferido de la mujer, resis-
tido a seguir retozando oculto en su pecho.
Los dos compartirían irremediablemente,
callados o en escándalo, el sortilegio del
tiempo ¿sabrá Dios?

EL PASTOR DE OVEJAS

Esta fría mañana de lluvia pertinaz Fernando dejó atrás Cataluña y viajaba por la carretera que le llevaría a su natal Ourense. Iba inmerso en los pensamientos contradictorios de negocios y personales.

Algo tenía claro. A lo largo de su existencia había dejado de disfrutar la propia vida, mientras sentía cómo se le moría poquito a poco las ganas de girar contra las manecillas de su reloj. Estaba acostumbrado a sobrevivir con la melancolía que le hacía añicos huesos, vísceras y alma.

Quizás no consciente, era herido por el paisaje desolador de la tierra gallega que miraba a través de parabrisas y ventanillas. Apenas quedaban aldeas. La hierba seguía trepando por los pisos, paredes y techos de las antiguas moradas.

Detuvo los pensamientos y la marcha del auto. En cuarenta kilómetros transitados aparecía el primer ser humano, un pastor que a duras penas y bajo impetuoso aguacero trataba de conducir las ovejas hacia las ruinas de una fortaleza del medioevo. Le ofreció ayuda al ovejero.

Sintió el olor a establo orinado por las bestias. Junto al pastor se acomodó como pudo en un rincón y comenzaron a beber vino a pico de la misma botella. A fuera el agua se encargó de borrar las huellas de los animales y de aquellos hombres, tan distintos y tan parecidos en historias.

Los dos habían hecho de sus almas un templo vacío donde adoraban a los ausentes y las oprimían de soledad, cual venda ciñendo una momia. La lluvia y el vino potenciaron las charlas confidentes.

Hablaron de todo, hasta del misterio de la noche y también de mujeres, de quienes se habían liberado para no morir en sumisión. Ellos creían estar acostumbrados a la vida de los solterones, sin grandes emociones y exigencias, y juraron soportar la decisión hasta el Juicio Final. Así lo sentenciaron.

Eran felices porque sabían sustituir las preocupaciones del hogar por las ocupaciones diarias, al menos también eso dijeron. Pero, los dos se hacían los sordos ante las trompetas de los ángeles, insistentemente anunciando que la existencia humana es corta y la soledad es puñal clavado en el espíritu.

Las ovejas fueron temas primordiales de la conversación. El pastor dijo que no había cosa más bonita que mirarse en los ojos de sus treinta animales. Había observado como las pupilas de una oveja muerta se convertían en espejos que reflejaban todo el prado.

Una hermosa pradera exenta de secretos, donde aquel aldeano escuchaba el crecimiento de las raíces de cada planta masticada por las bestias. Ella era suya aunque que no lo fuera en papeles, pues al dueño jamás lo había visto por allí y ahora se rumoraba su venta a otro que tampoco se había presentado.

El nuevo terrateniente vivía en Cataluña y su nombre y apellidos se conocían en el pueblo orensano. Pero al pastor el comentario le daba igual si era o no verdad. Sólo le importaba que el dueño de aquellas tierras le dejara pastar las ovejas a sus anchas. Para él la ambición de poseer la pradera nunca trascendería la utopía.

Toco el turno a Fernando que estaba sentado sobre la paja seca y quieto, muy concentrado, había escuchado la historia del ovejero y su única obsesión. Reflexionó sobre la humilde vida y ambición de aquel ser. En tanto cuidó de la arrogancia común del acaudalado, a fin de cuentas la sencillez y modestia resultaban sus mejores atributos. Sería difícil que el pastor descubriese con quién estaba pasando el diluvio.

Le confesó su pasión por los libros y de cómo no había mejor incendio que el de las musas cuando lo obligaban al ejercicio de las escrituras. Ocultó la otra cara de los laureles.

Cesó la lluvia. Por el hueco, donde antes hubo una puerta, la noche se abría helada y con la luna semejando un inmenso ojo brillante. Se puso de pie y saco del bolsillo un pequeño papel para anotar los datos personales del ovejero y la exacta ubicación de su refugio. Era hora de partir.

Valieron la pena la lluvia, el frío, el pastor y las ovejas a cambio de la extraña emoción que lo embargaba. Sin proponérselo, el ovejero le había despertado la maravilla de las remembranzas infantiles, de cuando a las aldeas les faltaba medio siglo para desvanecerse en la memoria.

Nunca el pastor sabrá cómo su historia estremeció a Fernando de placer, y de cómo al describirle el ordeño de la vaca *marela*, le subió a la boca el sabor a leche fresca. Y oyó el canto de los pájaros y vio salir el arco iris por encima de los pinares ¿Cómo retribuir un regalo de Dios?

Fernando no podía resignarse con recibir y no dar. El rescate de las vivencias de las tinieblas del pasado, no tenía precio metálico o ¿sí? Tal vez pudiera pagar con generoso agradecimiento, pero no bastaba. En el instante dubitativo sólo tuvo en claro que volvería a la rutina diaria, pero sin ser el mismo. Ahora gozaba de la riqueza espiritual nacida de la leyenda del pastor y por nada del mundo le sería arrebatada aquella espléndida añoranza.

Como legítimos gallegos, los hombres sellaron la despedida con fuertes abrazos y sendos besos. El ovejero preguntó si volverían encontrase. Fernando como hablando para sus adentros dijo que de alguna manera tendría noticias suyas, esbozando una sonrisa. Echó a andar hacia el auto sin mirar atrás, la inmensa oscuridad era dueña y señora de la pradera.

Un año después un escándalo envolvió al pueblo de Caldelas. Frente a la notaría un pastor rehusaba entrar sin la compañía del rebaño. Por más que las autoridades explicaban que estaba prohibida la presencia de animales en el recinto, el buen hombre suplicaba la admisión porque nunca se había separado de las ovejas que significaban su única familia.

Arrastrados por la disputa, todos los vecinos se hallaban rodeando al pastor, los animales y las autoridades. Entre el tumulto, un hombre recién llegado de muy lejos contemplaba el espectáculo visiblemente regocijado.

No hubo arreglo con la tozudez. Una mesa

con dos sillas fueron colocadas en plena calle, en una se sentó el notario y en la otra el ovejero custodiado por las cabezas del rebaño. El pastor entintó las yemas de sus dedos y dejó constancia de firma sobre los documentos que lo hicieron propietario de pradera, vetusto enclave romano y trescientas ovejas.

LUNA DE MIEL EN FISTERRA

La Habana amaneció con la habitual transparencia de la luz tropical. El mar bañándola por el norte era sereno y de azul añil. Loreta se detuvo en el Malecón para contemplar el espléndido paisaje marino. Un barco se deslizaba suavemente por la bahía, frente al Morro. Poco después continúo su andar en medio del bullicio de la ciudad que aumentaba por horas.

Sintió sed y entró en el edificio donde trabajaba su viejo amigo para pedirle un vaso con agua. Bebió el fresco líquido sorbo a sorbo y muy despacio. Mientras era observada por Xavier.

-Con esta mujer que salió de tu oficina me voy a casar.

--Ay gallego, tú estás loco...déjate de bromas que Loreta está casada y presume de larga y estable vida conyugal, es chapada a la antigua y resulta difícil imaginarla en un desliz. No te ilusiones porque perderás güiro, calabaza y miel. Y tú estás acostumbrado a la vida del soltero, a tener una mu-

jer hoy y otra mañana Eres un perfecto tro-
tamundos. Mira, te aconsejo que sigas po-
niendo los ojos sobre muchachas ligeras de
tacones.

-- No te equivocas mi estimado Patriarca,
viajo bastante y en realidad he conocido a
muchas mujeres, pero ya me voy sintiendo
cansado de esa vida de soltero alegre. Estoy
buscando la estabilidad del hogar.

Loreta y Xavier no volvieran a verse hasta
pasados dos años. De nuevo el azar los ponía
frente a frente en el mismo sitio del primer
encuentro. Ella fue saludada cortésmente y
retribuida con sendos abrazos y besos, como
es la costumbre galaica. El reloj colgado en
la pared marcaba la una de la tarde.

--Los invito almorzar en el restaurante que
tenemos al lado; así ninguno pondrá el pre-
texto de oponerse por lejanía del trabajo o
del hogar ¿vale?

El primero en aceptar fue el Patriarca que
tomó a Loreta por el brazo y le dijo al oído:
ni chistes, no puedes hacerle un desaire a
Xavier.

A Xavier su ardid le salió de maravilla porque tuvo la oportunidad de conversar con
Loreta y aunque los temas fueron banales,
sabía que este momento daría pie a la amistad con la enigmática mujer. Acordaron re-
unirse al siguiente día, para dar un paseo
por la barriada de los monumentos declara-
dos patrimonios de la humanidad. A ella le

agradó la compañía del español, a quien descubrió inteligente, instruido y noble

Durante varios años repitieron los mismos paseos, siempre que Xavier volvía a la caza de Loreta como si se tratara de una golondrina sin nido. El Patriarca había muerto, pero ellos lo traían al presente en las largas caminatas. Cada uno se formó un retrato idílico del otro. Xavier la juzgó inaccesible como el agua fugitiva del río, fue cauto y no le comunicó las aspiraciones. Mientras Loreta intuyó que Xavier amaba demasiado su libertad y que estaba acostumbrado a no dar pasos en falso.

Ninguno se atrevió abrir el libro de las historias personales, ni siquiera en aquellos días que experimentaron los impulsos de los sentimientos reprimidos. Él se dio por vencido y huyó del imán de La Habana. Nunca más volvió y se estableció en la tierra natal, donde pasaría el resto de la existencia.

Loreta se cansó de la espera inútil y de la coraza de mujer fuerte y conservadora. Rompió con todas las ataduras de manera brusca y se fue a Fisterra en la búsqueda de Xavier. Pero no encontró noticia alguna de su paradero y temió que la mítica tierra se lo hubiera tragado.

Atontada vivió dos años en aquel inhóspito lugar, lamentando haber dejado escapar la felicidad, hasta que una tarde que paseaba por las cercanías de una ermita en ruinas, escuchó el tañer de las campanas. Extrañada subió a la torre de los sonidos, donde experimentaría la más grande emoción de su vida.

Ante la insólita presencia femenina, el campanero súbitamente interrumpió el repicar, y gritaba ¡Loreta, no lo puedo creer! Mientras ella víctima de la sorpresa sintió perder la conciencia y a punto de caer fue sostenida por el abrazo de Xavier, tan fuerte que pudo cortarle la respiración.

Los amantes pasaron la tarde en el campanario, donde juraron nunca más volver a separarse y vivir siempre en aquel sitio, aunque se tratara del fin del mundo. Sin embargo, para ellos Fisterra significaba el comienzo de todos los orígenes de la felicidad.

De las ruinas de la ermita hoy sólo queda la torre de las campanas. A su alrededor fue construida la modesta vivienda de Loreta y Xavier, hasta donde les llegaba el graznido de las gaviotas, la música del mar y recibían a los vecinos de la distante villa en noches de fogatas y comidas de empanadas o trocitos de pulpo y bebían vinos caseros.

Sentados alrededor de las llamas y próximos a los acantilados, se contaban leyendas, mitos, cuentos de marineros y naufragios. Una noche llegó el Patriarca, viejo muy viejo, reconocido sólo por Xavier y Loreta que le escucharon narrar de como la barca de piedra con los restos de Santiago Apóstol debió varar en aquel lugar y por eso, Fisterra es sagrada.

En un libro a puño de mano y letra, Loreta y Xavier escribieron hasta el final de sus vidas los relatos legendarios y fantásticos, pero sin imaginar que la propia historia se haría eterna en la transmisión oral de todas las épocas y más allá de los cofines del planeta.

LA SEMANA SANTA

Mariángel estaba impresionada con las procesiones de Semana Santa en Ferrol y lanzaba los *flashs* de la cámara digital al paso de los sacerdotes, seminaristas y fanáticos encapuchados de negros, blancos, rojos o violetas, que acompañaban a la dolorosa María y al Cristo con el rostro ensangrentado por la corona de espinas. Entre ellos iban varias mujeres y hombres descalzos, con los pies morados por el intenso frío.

Era jueves santo y comenzaba el anochecer. La bruma opacaba el verde brillante de los sauces en el parque frente a la iglesia de San Julián. Las calles se hallaban repletas de turistas de todas partes del mundo y ferrolanos, haciendo filas sobre las aceras y en perfecta enajenación de la llovizna que caía a intervalos.

Mariángel no pudo impedir el leve temblor que recorría todo su cuerpo. ¿Cómo era posible ver a tantas personas flagelándose en la contemporaneidad? No, aquel espectáculo le resultaba insólito a ella, recién llegada de Norteamérica con costumbres religiosas también cristianas, pero diferenciadas en la modernidad del tercer milenio. Notó que la luna iba apareciendo entre las nubes enmarañadas en el cielo, sin percatarse de la mirada azul que la desnudaba desde hacía rato.

¿Quién era esta muchacha asombrada? ¿Acaso una madona de Da Vinci? Se preguntó para sus adentros el joven militar. La banda de música litúrgica favoreció al ambiente de solemnidad que reinaba, mientras la filosa luz de la media luna ya estaría espejando la ría, en los instantes en que Mariángel descubrió que era observada de manera impúdica. Intentó desafiar al intruso y desvió el obturador de su cámara hacia la silueta masculina, pero Cristo se interpuso entre ambos, levantado en andas en medio de un lecho de rosas y cirios encendidos en los cuatro costados de la urna.

Ella esperó impaciente que se alejara la imagen del hijo de Dios y cuando quiso accionar el equipo fotográfico, vio que el militar había desaparecido del otro frente de la acera. Se encogió de hombros y echó andar tras el quejoso sonido de las gaitas que cerraban la procesión.

--Una cena sin vino es como un día sin sol, le dijo el militar mientras alzaba la copa para brindar por la bienaventuranza del encuentro. El mantel estaba rebosando de pétalos multicolores. Ella lucía un vestido blanco muy escotado y con los hombros al aire.

Sonó el móvil y Mariángel estiró la mano hasta la mesita de noche, entreabrió los ojos y luego lo hizo desmesuradamente. Se incorporó de manera brusca y quedó sentada en el centro de la cama con la mirada fija en el retrato que colgaba de la pared, desde donde un apuesto joven le sonreía.

Por el celular llegó la voz muy cariñosa del esposo: Buenos días mi amor ¿ya tienes listas las maletas? No pierdas el avión, te estaré esperando en la terminal área de dentro de 10 horas. Estoy impaciente por darte un beso.

Mariángel desayunó con prisa, pagó la estancia en el hostal y pidió que le bajaran la valija de la habitación, luego solicitó un taxi.

-¿Le pasa algo señorita? Se ve usted nerviosa, comentó el recepcionista de carpeta.

-No, bueno... sí tengo una curiosidad ¿quién es el hombre de la foto que está en la habitación que ocupé?

- Ah, se refiere usted ¿al joven del traje militar?

- Sí. Ayer lo vi en la procesión y hasta soñé con él anoche...

--Imposible, no puede haberlo visto..., quizás vio otro militar que se le pareció, porque el del retrato era el dueño de este edificio y murió de un infarto el mismo día de la inauguración. A propósito, la viuda, que entonces tendría su edad y poseía como usted una delicada belleza, ordenó colgar la foto del amado en cada una de las habitaciones.

Mariángel tomo la maleta y salió a toda prisa del hostal rumbo al aeropuerto. Durante varios años sufrió de alucinaciones y sueños que le revivían la extraña experiencia en Galicia.

EL PEREGRINO

Era 25 de julio. Compostela había amanecido lluviosa. Frente a la catedral del Apóstol Santiago y en las plazas aledañas de Obradoiro, Quintana, Praterías e Inmaculada numerosos turistas, creyentes lugareños y peregrinos esperaban que abrieran la puerta de entrada del segundo santuario más grande del cristianismo.

Cada año llegan miles de peregrinos a la capital de los gallegos, en la fecha del cumpleaños del Apóstol. Muchos lo hacen recorriendo los siete caminos que convergen en la bella Galicia. Consuelo lo hizo a través del francés y aunque estaba cansada, no aceptó la invitación de beber una taza de café o té en una de las mesitas y sillas colocadas al aire libre. Prefirió continuar de pie en la proximidad del sagrado recinto, apoyada sobre el bastón con la emblemática concha de blanco purísimo.

--Faltan 30 minutos para la entrada a la Catedral y se ve usted muy fatigada. Por lo menos siéntese a mi lado en el suelo y bajo el alero. Así no se mojará cuando regrese la llovizna. Mire que el que espera, desespera,

le dijo el peregrino de cabello negro ensorti-
jado y ojos verdes.

-- Tiene usted razón, estoy agotada y an-
siosa. Le haré caso: esperaré sentada a que
abran la puerta. Le confieso que para mí la
paciencia es como un árbol de raíz amarga,
pero da frutos muy dulces.

Consuelo se acomodó con la espalda pegada
a un trozo de pared, por el costado derecho
del impresionante templo de estilo barroco.
El clamoreo de las campanas dificultaba la
conversación, lo que motivó un mayor acer-
camiento de la pareja. El roce con el cuerpo
de indudable belleza masculina, estremeció
a Consuelo que intentó escapar de la sensación experimentada al tomar las riendas de
la charla. Sin rodeo preguntó al peregrino de
dónde era, pues no tenía la típica fisonomía
del gallego.

-- De Á Coruña, nací en esta provincia, soy
gallego, aunque por parte de madre des-
ciendo de moros, y usted ¿de dónde viene?

--Soy de América, de una isla que parece un
caimán verde tendido sobre el mar Caribe,
pero vivo en Marsella desde mi divorcio.

--Entonces ¿ha venido a cumplir una promesa?

--No. Simplemente considéreme una pere-
grina-turista, Me encanta percibir las emociones de los aventureros que se adentran

por cualquiera de Los Siete Caminos de la Concordia. Ay, disculpe el calificativo, quiero decir de los peregrinos venciendo obstáculos, sed y soledades, guiados por las señales de los cruceiros. Esta es mi sexta visita a Santiago de Compostela, y por eso, el próximo año regresaré por el último sendero. En lo adelante, si volviera, lo haría en avión.

--¿No ha sentido miedo caminar sola por esos parajes en noches heladas con sobresaltos de bestias en la maleza? Ninguna persona debería temer a lo desconocido, porque los humanos tienen la capacidad de afrontar cualquier situación por dura que sea y vencerla. Todo está en proponérselo y tener confianza en uno mismo ¿no cree?

--Sí, aunque para actuar de ese modo se necesita mucho valor y la convicción de que si otros alcanzan la meta, yo también puedo conquistarla.

El peregrino confesó el miedo de perder lo que era suyo, ya fuera la familia o las propiedades. Por eso le celebraba el cumpleaños al Apóstol, para que lo protegiera de la maldad humana y de los fenómenos naturales. Recordó aquel temporal que arrasó con todo el viñedo de la aldea, lo que obligó a su familia mudarse para Madrid.

Juntos continuaron mirando llover y permanecieron en silencio por un rato. Se fijaron de cómo los riachuelos formados en la calle, terminaban conectados por los hilos de las pequeñas y diferentes corrientes. No habían descubierto nada extraordinario. Es sabido que todo en el planeta Tierra está concatenado, como aquellas aguas navegando como nubes por los cielos, a donde se habían elevado vaporizadas.

--El agua, el fuego y la tierra forman el elixir de la vida, pensó el peregrino en voz alta.

Abrieron la puerta de la Catedral y un río humano penetró en el patrimonial recinto. Hacia la puerta de La Gloria se dirigieron algunos, mientras otros encendieron velas a los santos, y en el centro la mayoría ocupó los bancos para escuchar la misa y ver pasar el botafumeiro. En el pasillo, rodeado de vírgenes y cirios, comenzó la fila para abrazar la imagen del Apóstol bañado de oro, situado frente al sepulcro que guardan sus restos. El peregrino preguntó a Consuelo por qué no había besado a Santiago.

--Se imagina usted ¿cuántas bacterias hay depositadas en el manto divino? No corro el riesgo de contraer una enfermedad por seguir a ciegas las creencias fanáticas. Pedí un deseo y me lo concederá Santiago; tengo fe. Ya he tenido resultados de las visitas anteriores.

El peregrino quiso saber cuáles eran los deseos santificados. Pero Consuelo nunca traspasaba el límite de lo que no deseaba revelar y desvió la conversación.

--Sus problemas y modo de proyectarse no son iguales a los míos. Cada uno de nosotros es un mundo ¿no ha oído decir esto?

--Yo respeto su historia personal, pero los dos estamos frente al Apóstol y debemos pedir que nos conceda un milagro, el del amor quisiera yo. Por el sagrado acontecimiento, usted y yo nos hemos conocido hoy a la misma hora y no por casualidad. Ruego al Santo Patrón que convierta este encuentro en la fiesta de un hombre y una mujer bendecidos.

Por respecto a la profecía del peregrino, ella no reveló que no creía en milagros ni en el azar. Permaneció callada, mientras con paso lento se iba acercando a la virgen de la Asunción. Una hilera de velas encendidas significaban promesas cumplidas o peticiones de anhelos; no obstante, para Consuelo tenían la exclusiva connotación comercial: ceras convertidas en cirios por las manos de un artesano para las tradiciones cristianas.

El peregrino no se mostró impaciente. Todo a su tiempo, pesó mientras los dos ponían el rumbo hacia la salida del templo. La mujer de los sueños, la que hacía tiempo buscaba, era Consuelo. La señal de que era ella se la dio Santiago al traerla a su fiesta santoral, y le juró que celebraría aquel milagro por todo lo alto.

Pero una cosa era lo que pensaba el peregrino y otra Consuelo. Desde la separación del esposo, ella imagina su alma como una fuente seca y el peregrino no sería el surtidor de un nuevo romance.

Tampoco era reacia a la idea de encontrar en el futuro un amante que la despertara del letargo. Pero no sería el peregrino y tampoco era el momento, mientras lo repetía para sus adentros con la intención de consolidar la coraza que se construyó tras la ruptura matrimonial.

A la salida de la Catedral ya no hubo razón para continuar juntos. Trató de despedirse lo más amble posible. El peregrino no se dio por enterado y la tomó por un brazo con el ademán de caballero, para juntos cruzar la plaza que seguía repleta de público.

Había salido el sol y caminaron por el parque de La Alameda. Se detuvieron en las estatuas de las alegres Marías para tirarse fotos. Poco después, se sentaron en el muro del jardín que rodea la escultura de Rosalía de Castro.

--Las mujeres de mi Galicia son todas muy fuertes de espíritu y resisten cualquier circunstancia con estoicismo. Le contaré que en una iglesia de Gonzar, en O Pino, reposan los restos de una muchacha que sobrevivió 20 años alimentándose únicamente de pan de eucaristía y agua bendita.

Y ¿por qué hizo tal ayuno?

--Ah, porque se había enamorado del cura y este nunca le dijo ni que ojos lindos tienes. Entonces se castigó para obligarlo a que se fijara en ella, creyendo que le rogaría suspender tal obstinación. Sin embargo, se la llevó la muerte.

--La terquedad y el temor son propios de cualquier ser humano. En mi país la hermana de una famosa poetisa decía que más que a la muerte, le aterraba la idea de que su cuerpo inerte pasara las 24 horas del velorio dentro de un féretro. Para vencer el pánico se compró un ataúd donde dormía por las noches. Incluso prendía cuatro velas, colocadas en las respectivas esquinas de la caja fúnebre.

Entre anécdotas, historias verdaderas y cuentos de humor se les pasó el tiempo. Debieron abandonar La Alameda cuando cayó la noche que además de fría trajo aguaceros a intervalos. Acordaron un reencuentro el próximo año en la misma fecha, y él se brindó para acompañarla por el séptimo camino, Fisterra Muxía. Entretanto, el sonido nostálgico de una gaita se expandía por el espacio y ellos se fundían en abrazos y el adiós.

El peregrino no marchó de inmediato y lamentó que ella no preguntara por su nombre. Se quedó parado en el mismo sitio de la despedida, desde donde embelesado contemplaba alejarse, bajo la lluvia, a Consuelo que llevaba el vestido mojado y ceñido al cuerpo, revelando la figura de una mujer sensual.

EL OTOÑO EN QUINTELA

Encontré el monte acolchonado de hojas secas. Transcurría el otoño en Quintela y los aldeanos se hallaban saturados de la hermosa estación en su atisbo melancólico. Desde milenios los sucesos de la Naturaleza se repetían con poca variedad en la ablución dorada del paisaje.

Estoy parada en la cima de una montaña y veo al río Deva serpenteando bosques, llanos y macizos montañosos envueltos en la bruma. Como pintados por un pincel aparecen rebaños de ovejas y vacas pastando apacibles.

Entretanto, oigo las voces de los ancestros en la memoria del insólito paraje, y la de Pepe que me invita al soliloquio. La curiosidad me había llevado a su aldea, en la que todavía solía refugiarse y donde vivió hasta que Galicia Cenicienta lo empujara a la bárbara emigración.

Pepe había sido ovejero y me contó que las bestias conocen el lenguaje de la yerba, de las piedras y de la tierra. Por eso, saben cuándo es necesario abandonar el terreno y buscar otro. Sus ovejas eran las únicas que atravesarían el horizonte, cuando un patriarca encendiera las luces del alba. Eso me dijo el día que le juré amarlo más allá de su muerta y la mía.

Nos conocimos en La Habana y peinábamos canas, escépticos de encontrar un mañana mejor y mucho menos la felicidad. Un día descubrí cerradas todas sus puertas y sugerí que por lo menos dejara una entreabierta para la penetración del viento. De lo contrario, terminaría asfixiado del hastío que llamaba Nirvana. Eso lo supe la primera vez que a golpe de vista, mi alma se bebió todo el azul de su mirada.

Éramos dos seres cansados de ir y venir, que buscaban cómo escapar del absurdo mundanal. Hastiados de la encrucijada humana, presentíamos la hora del ascenso a lo invisible. ¿Acaso no habíamos alcanzado la verdad del mundo? Ya el charco no era el océano que imaginamos de niños.

Cuando caminábamos por las estrechas calles habaneras, yo caía alucinada en el pozo de la placidez. En cambio él sufría si nos acercábamos al brocal del manantial, y no es que fuera cobarde. No, era por la obstinación en las amarras de la soledad. Soportaba todos los retos de la diversidad del espacio compartido, pero sin la total entrega de la estadía emocional.

Una tarde tembló de pánico cuando lo invité a mover los barcos fondeados en el puerto, para juntos intentar el vuelo rasante que hacen las gaviotas sin tocar los rizos de la bahía, hasta detenernos a los pies del Cristo de La Habana. Supuso que yo pediría la bendición de Dios a cambio de su renuncia al alma en pena.

Mi madre me aconsejaba desconfiar de un hombre antes de conocer su casa. Pero yo sabía cómo era el alma de Pepe, su verdadera casa. Era ahí donde guardaba todos los enigmas y se evadía del diario vivir, de los amigos y de mí. Vivió en la aproximación evasión de la existencia humana.

Jamás quiso ver las señales del destino, con el rumbo cambiante en dependencia del timonel. Pepe nunca fue timonel, ni entendió de señales.

Si me amó fue de extraña manera. Creo que tenía la fuente amatoria en la raya separadora del cielo y la tierra, esa que sólo sus ovejas podían traspasar. O tal vez me amó como si yo fuera el trébol de las cuatro hojas y temió perderme y quedarse sin la suerte o brújula. Las exaltaciones de amor y sexo para Pepe representaban clausurar el templo de su egoísmo. Quizás por eso, no apostó en aras del más grandioso acto de la creación humana.

Siempre se protegió de esencias e impulsos sublimes y se creyó talismán del silencio y los ruidos que podían afectar nuestra relación sentimental. Pero la agresión de su mutismo me hizo sangrar y las heridas solo restañaron cuando   definitivamente partió, aquel día en que la aurora devino en túnel finito para su traslación al infinito.

Por encima de las tempestades solíamos navegar, yo remando contra su corriente y él, esquivando la mía. Desde entonces, Dios y el Diablo se disputan la separación. Nunca fui albañil de su muro de tentaciones y si le robe la armonía, no experimenté el placer. Fue culpa de la anunciación idílica que no entiende de broches, ni excesos de orgullos.

Supe hoy que Quíntela le había pautado la personalidad. Pepe era tan misterioso, melancólico y solitario como esta aldea. Moviéndose de un lado para otro; errante como las ovejas, buscando en la lejanía el brote del pasto, sin percatarse que había llegado al otoño. Su camino era tan corto que se hizo tarde para construir proyectos perfectos en la alborada venidera.

Pepe anduvo envuelto en la mística y la desconfianza. A su lado permanecí contemplativa hasta su ascenso a la eternidad. Allá me recibirá etéreo, desmitificado y con un ramo de claveles púrpuras, porque cuando se fue le advertí de cómo el jarrón volante de Chagal se quedaba sin flores.

Se fue y quedé en paz, frente a las aguas bravas del Caribe y el ocaso de la tarde, segura de amarlo y sin la llave de su amor.

Sin embargo, no me abandonó. Nunca lo pudo hacer, ni siquiera cuando a pie juntillas creyó haber derrotado todas las ilusiones con la propia desaparición. Yo poseo el don perpetuo de encontrarlo, como en este instante que lo descubro oculto en el árbol añoso ante mí. O quién sabe si es aquel ovejero que observo enajenado de la civilización.

En la mañana visité las momias que dormitan en centenarias cámaras fúnebres. Luego, me paré ante el reloj que los antiguos artesanos hicieron por el paso a Portugal. Reinaba la extraña atmósfera del pasado. El silencio era sepulcral y el frío me helaba.

Allí sorprendí a Pepe deslizándose en la tesura lisa y oscura de la muerte. Le guiñé un ojo y saltó un pez naranja y azul en el estuario de Deva. Un graznido de águila fragmentó el concierto de otras aves.

Yo percibo los enigmas y me conmuevo ante lo inexorable del tiempo, sin comienzo ni fin. Nadie detiene el tiempo por donde navega Pepe, alejado ya del presente. Es por eso que busco su huella en el pasado de Quintela, donde perviven los orígenes de su misterioso andar y desandar por las aldeas, para en un exacto instante reencontramos emigrantes de la vida y la muerte.

UN AMOR EN PONTEVEDRA

Voy camino a Pontevedra y me lleno el espíritu de hermosos paisajes. El sol calienta allá un lomerío y luego lo veo desaparecer tras una cortina de lluvia. Es muy verde la región de Pontevedra, quizás de ahí su nombre. La imagino como una dama ataviada con los colores que van desde el verde suave, pasando por menta, hasta el más intenso.

Pontevedra tiene una historia antigua, nacida entre leyendas y realidades, eso me dice el taxista a punto de arribar a la ciudad, donde descansaré más de una semana. Tengo la intención de disolver el estrés, por vorágine de trabajo, en la contemplación de otras costumbres y valores esenciales de este pueblo. Muy distante al de mi origen.

Mientras escucho las narraciones del chofer, viene a la mente mi profesor de filosofía de la escuela católica y su afirmación de que todos los seres partimos del árbol genealógico de Adán y Eva, y que por eso son pocas las diferencias primarias entre los humanos de cualquier continente. De ahí también la similitud de sueños, valores éticos y morales que navegan o naufragan en la corriente de la existencia humana, era otra de sus convicciones vehementes.

Una vez aseveró que triunfar como errar es cosa de humano, en esto tenía toda la razón y solía aconsejar: si caes siete veces, levántate ocho y sigue el camino, nunca te detengas ante el primer obstáculo.

--Aquí los días están hechos por momentos de sol y por otros de lluvia. Ah, no salga a la calle si la sombrilla, me aconseja el taxista que ha detenido el auto frente al hotel.

Subo a la habitación reservada, dejo la valija y media hora más tarde doy una vuelta por los alrededores del edificio; muy cerca encuentro un parque con senderos entre numerosos árboles. Es mayo y la primavera hace la entrada triunfal acompañada de mucha humedad y todavía, de frío. Por dondequiera, las camelias estallan de lozanía.

El cielo se agrisa casi todo el día como sucede hoy, el segundo de mi estancia en Pontevedra, y a lo mejor por eso la gente refleja en el rostro un halo de melancolía. Las mujeres tienen la piel como de rosas pálidas y los hombres parecen guerreros, que en el alma arrastran la ancestral morriña de los celtas al regreso de las batallas.

Todo lo observo en silencio, como hago desde la llegada a esta ciudad. Es de mañana y hay ajetreo de forasteros con cargas de productos agrícolas y ganado vacuno de lejanas aldeas. No sé por qué un escalofrío me recorre el cuerpo en cuanto descubro un mozo mirándome absorto. Está sentado sobre un banco de piedra, al inicio del sendero devenido en mi habitual paseo matutino.

Al parecer se ha dado cuenta que no soy de la región gallega. Supongo que es tímido y con la intención de desestabilizarlo, le hago un gesto de saludo. Pero, me equivoco, lo asume como una provocación y ahora camina hacia mí con mirada insolente. Su proximidad me pone inquieta.

--No se asuste, no pienso hacerle daño a quien me ha trastornado. A Pontevedra le será muy difícil decirle adiós, se lo aseguro. Sé dónde se hospeda desde aquella tarde cuando la vi por primera vez. Estaba vestida con un *jeans* azul y una blusa blanca y al subir los escalones de entrada al hotel, se le cayó un pendiente ¿se acuerda cómo lo buscó? Rodó y fue a parar a mis pies, aquí lo tiene.

--¿Me está usted espiando? ¿Por qué no me entregó el arete cuando se me cayó? ¿Quién es usted?

Estoy nerviosa y él lo sabe.

--Digamos… porque yo estuve esperando el momento más oportuno y fue hoy, cuando al fin no soy invisible para usted.

Hay ironía en su respuesta, pero también

distingo que es un hombre educado y nada retraído. Tome la prenda, le di las gracias y sentí deseos de salir corriendo. Fue inútil expresarle que no me buscara más, pues no acostumbro entablar conversaciones con personas extrañas.

--No tome la vida tan de prisa, me dijo adivinando lo que pasaba por mi cabeza.

Me invitó a cenar al restaurante con deliciosos platos de mariscos, según él.

Comencé a andar a su lado como si un imán me halara. Durante la cena varias veces esbozó sonrisas maliciosas y arrogantes. No comprendo con claridad el por qué me agradó su prepotencia masculina, tal vez porque me gusta el hombre exento de timidez. Hizo el primer brindis:

--Por un corazón que no será fácil conquistar y porque vivamos el romance que está escrito en la palma de su mano, como presumo le dijo la gitana cuando le leía las cartas en el parque de Los Paseos.

Por más que me afané en contradecirlo, no atiné hacer otra cosa que chocar mi copa con la suya. Creo que el alma se revolcaba entre emociones diversas. Sentía desagravio, complacencia e intriga, qué se yo lo que me sucedía tan de súbito. Y para colmo, le acepté también la invitación de pasar el resto de la noche bailando en un club.

Aquella noche temí que sintiera cómo hervía la sangre en las venas al roce de su mejilla con la mía. Se atrevió susurrar que el deseo de la carne no podía reprimirse porque es pecado de lesa humanidad. Sólo una vez sus labios acariciaron mi cuello y me ardió la piel. Estremecida, logré decirle:

--Estoy fatigada. Es muy tarde y quiero irme.

En plena madrugada me dejó en el hotel, con la promesa de volver a encontrarnos.

Apenas faltaban unos minutos para las once de la mañana, cuando de la recepción de hospedaje avisaron de su presencia en el vestíbulo y con el ruego de que no demorara en recibirlo.

Me llevó fuera de la ciudad y nos sentamos sobre el tronco caído a la orilla de un lago. Yo hundí la mirada en las aguas mansas y comencé a hablar de las noches de mi isla con su permanente reguero de estrellas, del gusto por las obras de Chopin y Mozart, de las caminatas por el muro del Malecón durante la alborada. En este monólogo desordenado me hallaba cuando me tomó en sus brazos y suavemente comenzó a besarme. El primero resultó tierno cual fruta descarnada en mi boca.

Cerca de aquel sitio se encontraba su cabaña. Una vez dentro, colocó troncos de olivo en la chimenea, prendió fuego y frente a ella nos quitamos las ropas. Parecíamos dos adolescentes ardiendo de pasión. Asombrada de mi audacia le devolví cada beso, mordida, y aspiré su olor hasta la embriaguez. Sus brazos con fuerza ciñeron mi cuerpo al suyo. Era el comienzo del más sublime y erótico amor de mi vida.

Todas las tardes volvimos a la cabaña y después de hacer el amor, dormíamos desnudos y enroscados en un abrazo durante horas junto al fuego de la chimenea. A veces yo despertaba primero y le acariciaba el cabello.

Solíamos entregarnos al placer y nos jurábamos mil locuras.

Él dijo que había sentido mi lengua en los resquicios de su alma y yo le confesé el haber saboreado las sustancias de sus huesos. Cuando llegó la víspera de mi partida, le rogué: Pasemos esta noche aquí y será la más maravillosa velada de todas las vividas, bajaremos al mismo centro de la Tierra.

Fatigados alcanzamos la cumbre del goce. No me importó caer en el abismo de la desesperación y la ausencia de la cordura. Tampoco ninguno midió la suerte echada. Los dos sabíamos que nos estábamos haciendo daño y que habíamos llegado a la inevitable separación.

Sin murallas y tiempo nos amamos con locura. Aquella noche vivimos la pasión más desenfrenada, delicada, ridícula y gloriosa.

Hubo brutalidad carnal y miel del alma para aliviar los dolores. Fue como amar en la agonía de una ballena, exentos de luna y sol, algo así nos confesamos durante el regreso a la ciudad.

Me anuncio que pasaría más tarde por el hotel. Deseaba que repusiéramos fuerzas suficientes, porque quería volver al club donde comenzó esta historia amorosa.

De prisa me di un baño, tomé la valija y escribí en un papel las palabras: Te amé delirante, deposité la nota en la casilla con la llave de la habitación ocupada durante nueve días y noches. Partí rauda.

Nunca más regresé a Pontevedra. Sin embargo, hay días de mayo que él aparece envuelto en las lluvias y si intento abrazarlo, percibo la humedad de un beso.

LA CONJURA DE OURENSE

No hubo claridades en Ourense, porque continuó la confusión, hiriente en lo profundo de un hombre y una mujer incapaces de unir los océanos que los separaban. Esta fue la última vez que ella salió en la búsqueda de aquel ser evadido de los azares del destino, partiendo sin rumbo fijo.

Pudo haber sido una historia insulsa y devorada en la memoria por la decepción, pero un suceso no previsto la obligaría a anotar en el diario su participación en la antiquísima conjura medieval que un grupo de bohemios celebraron aquella noche, la última de la estadía en Ourense.

La alucinante experiencia después del trueno que estremeció toda la Tierra, fue escrita en un diario.

Me habían invitado a beber queimada, el aguardiente que se prepara a cielo abierto, cuando hay luna llena y se reúnen las brujan. No sé si fue culpa del brebaje o de la decepción porque sólo recuerdo haber vivido una madrugada en las disipaciones de la sexualidad.

-Le importa que le ofrezca un abrazo para

mitigar el frío.

Me acurruqué en los brazos y pecho del último hombre que se unió al grupo. Desde su llegada, no había dejado de mirarme ni un segundo, cuál si yo fuera un ser extraterrestre. Se había pasado la mitad del tiempo averiguando quién yo era, y de qué planeta me había caído. Nada de eso me importó, estaba aturdida, despechada y un tanto ausente.

A medida que el brebaje hacía efecto, comenzó a gustarme aquella criatura de manera brutal, mientras despertaba mi condición humana femenina y la de él, diferente y salvaje. Lo advertí un auténtico macho, dado sólo al placer del sexo. Acepté el reto y que me deseara como hembra. Fue una atracción libre de principios y éticas morales. La extraña noche me empujó a la lujuria.

-No beba mucho. Este aguardiente es preparado con esencias satánicas y la puede alucinar. ¡Mire están llegando los búhos, lechuzas, sapos y diablos del monte! Todos se unirán a los espíritus de las *mouras* que danzan con sus cuervos, salamandras y meigas.

Observé que en el fuego donde se aderezaba la queimada ardían leños podridos, cubiertos por gusanos y alimañas. También se carbonizaban mi alma y el mal de ojos que me hicieron de chiquita. Entretanto, él volvió a la carga diabólica:

-- Una vez que bebamos el aguardiente caeremos en la caldera de Belcebú y usted se volverá pecadora. Sí ¡una bendita pecadora destrozando mi cerebro!

¿Se lo imagina o ya tuvo resultado en otras experiencias? le pregunté.

-Puedo mostrarle sus efectos. Yo soy adicto a esta bebida que me pone frenético, con deseos incontenibles de desahogar los instintos de Adán en el cuerpo de Eva.

Me pareció alardoso y contrariamente a la habitual manera de reaccionar, lo ayudé a las fantasías. A medida que la madrugada se iba desvaneciendo en las luces del alba, me aturdían las emociones y la respiración se cortaba.

Durante el orgasmo escuché los bramidos del mar de Las Antillas y a las *mouras* huyendo sobre caballos blancos y desbocados. Todos los sentidos se habían calcinados con la queimada. Poseídos, nos hundíamos sin remedio en los termos eróticos. Fue entonces cuando preguntó:

-¿Siente placer?

Me intrigó su pregunta en medio del goce que suponía lo estuviese disfrutando. No había amor entre personas sin química y que apenas se conocían, actuando como lo hacen los animales en celo. ¿Por qué la pregunta?

Reinaba solamente el placer de una aventura, lejos del amor que es el surtidor de alegría en la hondura humana. Lo que hubo entre dos extraños sería huella borrada en la pátina del tiempo, pese a que bailamos en la luna cuando saturábamos el deseo carnal.

Nos separamos en el crepúsculo de la tarde siguiente. Yo debía hacer las maletas y partir. Se brindó para ayudarme en esos trajines y tomamos unas tazas de líquidos calientes, yo de café y él, té. Aproveché para comentarle: No entendí su pregunta en los momentos de la mayor excitación ¿es que no supe responder a sus exigencias?

-Me sorprendió no advertir su desilusión por mi defecto viril.

Me pareció absurdo aquella creencia, hasta pensé que se burlaba de mí. No se percató de mi complacencia durante el episodio que me hizo vivir el vuelo eufórico de un pájaro, quebrando el sueño que supuse se haría realidad en Ourense.

Dejé la región gallega con la herida restañada por la ausencia del hombre que no me esperó. El tiempo todo lo cura y es contradictorio en su constante andar. En cada segundo vivimos y restamos existencia.

LA CUEVA DE LOS INOCENTES

Luisa y Alberto habían crecido en Caldelas como la semilla silvestre de un girasol sembrada en el huerto de la vida. Nutridos por la afinidad y las revelaciones íntimas, fueron predestinados a potenciar el idilio de la niñez.

De pequeños correteaban sobre los restos de las calzadas romanas o se deslizaban por las laderas de las montañas, libres de miradas y regaños de adultos. Nunca hubo secretos entre ellos, ni dejaron de bañarse desnudos en el río cuando sus cuerpos se transformaron en esculturas de adolescentes. En temporadas invernales pasaban el día dentro de la Cueva de los Inocentes, danzando alrededor de leños ardiendo, hasta la consumación del fuego.

Eran hijos de familias avecindadas desde tiempos remotos, en aquel pueblo sostenido a duras penas en el corazón orensano de Ribeira Sacra de tierra fértil para el cultivo de la uva y el pasto de las vacas.

La muchacha se casó en la primavera, el año que cumplió diecisiete. Alberto fue testigo. Se compró el primer traje y sobre la solapa negra prendió un lirio. Llegó la hora de las rubricas que sellarían el compromiso nupcial. Alberto se abrió paso entre los familiares de los recién casados que cubrían el frente de la mesa notarial, tomó la pluma y se dispuso estampar la rúbrica.

Luisa dejó de sonreír y clavó la mirada en la flor que lucía Alberto. Algo insólito y maravilloso sucedió, ajeno a toda ceremonia, público e incluso a la fidedigna amistad. Alberto no pudo escribir su nombre y salió corriendo del recinto como si hubiera escuchado el llamado de la gruta, donde una vez ambos habían descubierto un lirio creciendo en medio del estiércol del ganado.

Alberto dejó de visitar la Cueva de los Inocentes, los miradores naturales y las arcaicas calzadas. No se bañó más en el río y jamás volvió a la ladera de la montaña. Todo había perdido el encanto con que ellos habían bautizado el bucólico mundo que les perteneció.

Luisa había tenido un parto de gemelos, una niña y un niño que los nombró Luisa y Alberto; vivía en el pueblo del marido. Pese a la brevedad de la distancia entre las aldeas, Luisa y Alberto evitaron la aproximación. No fue por azar que él escapara de Caldelas a Santiago de Compostela todas las veces que los pequeños fueron llevados a la casa de los abuelos maternos.

Una noche de interminable nevada, él escribió una carta a la luz del candil guiado por una musa que lo arrastró a la profunda ventura. Fue un mensaje delicado y derramado en la pasión, de letras prístinas y a la vez trascendentes, entrecruzadas en puntos cardinales. A fuera los copos de nieve continuaban cayendo en la bendita madrugada.

Dos días después, Alberto recibió un sobre que abrió con estremecimientos de carne y espíritu. Mientras el tiempo seguía coronado por la más cruenta nieve que se recuerda en Caldelas.

-Alberto ¿qué nos pasó? No puedo evitar el deslumbramiento con que punzaste mi alma. Vivo en el entretejido de mi presente y la sinrazón.

El joven volvió a escribir como si fuera un orate, siguiendo los dictados de la sangre que le hervía en las venas.

-Luisa ¿con qué látigo y miel quieres sajarme la tranquilidad? Me he vuelto impaciente y no entiendo de imposibles. Te conmino a descubrir el claroscuro genial que se arrastra por nuestro universo, cual oruga por la piel de la manzana. Derribemos los muros y construyamos puentes.

Las noches blancas se hicieron imborrables. En Caldelas tampoco se recordaba nevadas tan prolongadas en el tiempo. Fueron convocados los oráculos, pero ellos se congelaron durante el cabildeo. Sólo la sacerdotisa del amor tenía el elíxir para exorcizar a los amantes. Había fijado el equilibrio en la balanza, para que el peso de la confusión, originada en la Cueva de los Inocentes, no volviera inclinar un extremo.

-Alberto ¿qué nos pasó? No podemos seguir ciegos ante las señales del destino.

Terminando de escribir Luisa, la nieve cesó tan bruscamente como había comenzado con la primera carta de Alberto. Un año con un día y una hora cayó la nieva hasta sepultar a Caldelas. No se vieron los techos de las casas, caminos, montañas, llanuras ni el río. El paisaje era de blanco purísimo, como si Nuestra Señora de los Remedios hubiera cubierto con su manto a la aldea para protegerla contra los maleficios.

En la Cueva de los Inocentes dos cuerpos y almas se refugiaron en la noche. Luisa y Alberto rasgaron las horas perdidas y subyugantes, en una entrega de felicidad consagrada. Inmersos en la locura de los amantes, desoyeron las prohibiciones y castigos. Aceptaron sólo las consecuencias, por los siglos de los siglos.

ANGELA ORAMAS CAMERO

LLUVIAS Y SUEÑOS

Angela Oramas Camero

Editorial Letra Viva©

2015

251 Valencia Avenue #253
Coral Gables, FL 33114